Lb⁵¹ 588.

AF233860

L b 51 588.

LETTRE

DE

M. DE CONNY

A M. DE MONTALIVET.

A PARIS,

CHEZ G. A. DENTU, IMPRIMEUR-LIBRAIRE,
RUE DU COLOMBIER, N° 21;

Et Palais-Royal, galerie d'Orléans, n° 13,

1831.

BIBLIOTHEQUE ROYALE

PARIS.—IMPRIMERIE DE G.-A. DENTU,
rue du Colombier, n° 21.

LETTRE

DE M. DE CONNY

A M. DE MONTALIVET.

Je suis libre, monsieur, et c'est à vous que je consacre les premiers instans de ma liberté; une explication est devenue nécessaire.

Lorsque je fus arrêté par vos ordres, sans doute, et que par vos ordres encore mon nom fut placardé sur tous les murs de Paris, du fond de la prison où les cris qui annonçaient la grande conspiration retentissaient sous les voûtes de la Conciergerie, j'adressai deux questions au pouvoir:

De quels crimes suis-je accusé?

Quels sont mes accusateurs?

Peu de jours après, il me fut signifié un mandat d'arrêt qui m'apprit que j'étais prévenu *d'un complot tendant à renverser le gouvernement.*

Une instruction a eu lieu, l'examen a été sé-
vère, rigoureux. On me l'a prouvé, mon nom
n'est pas de ceux qui appellent l'indulgence ; si
la justice a ses formes de bienveillance, je l'i-
gnore, je n'ai connu que celles de sa rigueur,
et sa rigueur a été lente et réfléchie ; je ne me
plains pas, je raconte.

Placé sous le poids d'une accusation qui me-
naçait ma tête, je redirai ici le seul vœu que,
plus d'une fois, j'ai exprimé dans le cabinet du
magistrat chargé de m'interroger : Des juges ! des
juges ! c'est le seul cri que j'ai fait entendre sous
les voûtes de la Conciergerie ! « Assez d'interroga-
toires ont été subis, lui disais-je ; assez de com-
missions rogatoires ont été envoyées dans toute
la France pour découvrir ou interroger mes
complices ; le temps est venu où la conviction
des magistrats doit être formée ; s'ils ont celle de
mon innocence, ils me doivent la liberté ; mais
s'il reste dans leurs pensées quelques doutes,
quelques incertitudes, je les en conjure, qu'ils
les interprètent en faveur de l'accusation, qu'ils
m'appellent devant la Cour d'assises ; j'y paraî-
trai sans peur, car ma conscience me crie que je
suis sans reproches ; dût le jury être tout entier
formé de ceux qui combattirent dans les jour-

nées de juillet, je jure de n'en récuser aucun. Lorsqu'ils seront revêtus du caractère de juge, je crois à leur impartialité, et j'y crois, sans nul doute, plus qu'à celle de ceux qui profitèrent de la victoire sans avoir combattu. Les vainqueurs de juillet verront devant eux celui qui fut leur adversaire jusqu'au dernier instant, celui qui, pour les combattre, vint demander des armes lorsque déjà leurs colonnes menaçaient le château des Tuileries; ils verront devant eux celui qui, dans ces momens terribles, accourut à Saint-Cloud, à Versailles, dans le palais de Trianon, supplier son roi de ne point désespérer de la fortune, et lui donner des conseils que l'honneur français n'eût point désavoué. »

Lorsqu'après quarante-cinq jours de captivité, la liberté m'est enfin rendue, c'est à vous, monsieur, que je m'adresse; c'est vous qui devez répondre de mon arrestation; c'est vous, car le préfet de police qui l'a ordonnée est placé sous votre direction; le préfet de police n'avait pas le droit de faire envahir mon domicile, et de prescrire une perquisition dans mes papiers : il n'aurait eu ce droit, au terme de nos lois, que dans le cas de flagrant délit; et, certes, je n'ai point été arrêté en flagrant délit, puisque les nombreux agens chargés d'investir mon appartement m'ont trouvé au lit, et malade. Le procès-verbal constate ces faits.

C'est vous, monsieur, sur lequel retombe l'acte arbitraire qui a été commis; et vous ne l'ignoriez pas, car c'est le *commissaire de police attaché au ministère de l'intérieur* qui est venu m'arrêter : vous attendiez impatiemment le résultat de sa mission; car, dès que l'arrestation fut faite, le commissaire dépêcha un de ses agens pour vous l'annoncer. J'étais malade, et, par vos ordres sans doute, la prison la plus malsaine de Paris fut choisie.

En d'autres temps, monsieur, j'ai demandé le gouvernement représentatif dans toute sa vérité. Vous avez appelé, je le sais, cette époque *une époque de servitude et d'oppression;* vous avez appelé *tyran* le roi qui régnait alors sur la France. Mais, aujourd'hui, vous êtes au pouvoir; et moi, ce que j'ai demandé à la tribune, je le demande sous les verroux de la Conciergerie. J'invoque encore ce que j'invoquai toujours, la vérité, la publicité dans tous les actes politiques : nul pouvoir ne peut être affranchi de ce devoir. J'ai été accusé d'un crime, et d'un crime qui eût fait

tomber ma tête; nommez mon accusateur; nom-
mez-le à la face du pays : je vous le demande,
monsieur, pour vous plus encore que pour moi;
votre honneur l'exige. Vous savez quel nom re-
çoit, en France, celui qui accuse dans l'ombre.

Dès long-temps j'ai flétri cette police que l'on
décore du nom de *police politique;* cette police
qui traîne à sa suite une tourbe de délateurs que
réclament nos bagnes. Impuissante pour la dé-
fense des pouvoirs qui la soldent, elle ne fut,
elle n'est, elle ne sera jamais qu'un foyer de cor-
ruption d'où surgiront des actions infâmes. Puis-
sent les hommes de bien de tous les partis s'unir
pour la flétrir ! car si leurs efforts étaient impuissans, ce serait elle alors qui flétrirait de son
souffle impur nos mœurs empreintes du caractère franc et généreux que le beau nom de
France nous rappelle et nous impose.

Je plains les ministres qui se croient obligés
à de telles relations; je les plains sans les justi-
fier. J'ignore, monsieur, si c'est près de tels hommes que vous cherchez vos inspirations; j'ignore
si c'est après les avoir entendus que sont libellés
les ordres d'arrestation : quoi qu'il en soit, c'est
à vous seul que je m'adresse ; c'est vous qui m'a-

vez privé de ma liberté ; c'est vous qui avez tenté de soulever les passions populaires contre moi ; et si un jour je tombais victime des fureurs des partis, j'absous à l'avance l'instrument aveugle qui me frapperait ; mais le nom de *Montalivet,* je le livre à la justice du pays.

Mais vous, monsieur, qui, dans la nuit du 14 février, montriez tant d'ardeur pour me faire arrêter, que faisiez-vous quelques heures plus tard, quand des barbares sont venus profaner les sanctuaires de nos temples ? que faisiez-vous quand, à la lumière du soleil, nos croix étaient abattues ? Le pays vous le demande.

Vous êtes-vous armé ? êtes-vous venu combattre à la tête de la garde nationale ? avez-vous bravé la mort pour mettre un frein à des saturnales qui ont épouvanté l'Europe ? D'autres soins vous occupaient ; c'est vous qui l'avez appris à la France : tranquille dans votre cabinet, vous libelliez alors les dépêches télégraphiques qui, rapides comme l'éclair, devaient porter dans tous les départemens les noms des conspirateurs ; et sur ces listes qui nous dévouaient aux fureurs de la multitude, en tête vous aviez inscrit mon nom. J'ai le droit de vous parler, vous êtes jeune encore, et l'on peut vous

ınstruire. On dit, et je ne puis sans frémir le re-
dire, on dit que cédant aux cris d'une multitude ~-
égarée ou aux lâches avis de magistrats sans courage, vous-même vous auriez ordonné que des
croix fussent arrachées de nos temples ou de nos
mausolées ; je l'ignore, vos œuvres me sont in-
connues ; vous m'aviez placé à la Conciergerie,
je n'ai pu être témoin de ce que vous avez fait ou
laissé faire dans Paris ; mais à la Conciergerie
j'ai vu de mes propres yeux vu, un fait qu'avec
la France entière j'appellerai une œuvre de scan-
dale.

Au milieu de nos trop sanglantes discordes,
une reine que l'étranger avait confiée à la foi
française périt sur l'échafaud où était monté le
roi-martyr ; tout ce que l'âme peut souffrir de
douleurs, elle l'a ressentie ; vivante, elle fut ar-
rachée à tout ce qu'elle aima sur la terre, et en-
fermée dans un tombeau : ce tombeau fut la
Conciergerie. En expiation de tant de crimes,
après plus de vingt ans, une pierre surmontée
de la croix fut placée là où la reine de France
avait tant souffert, là où elle avait pardonné à
ses bourreaux, là où en présence de l'échafaud,
elle avait écrit cette lettre, monument éternel
d'admiration et de douleur. Eh bien ! ce monu-

ment, cette lettre gravée au pied de la croix, tout a été détruit, et par vos ordres, monsieur.... Ah! que je vous plains! Vous avez désormais une place dans l'histoire d'une reine dont la mémoire ne périra jamais.

Il est donc vrai, monsieur, au milieu de ces saturnales dont le récit un jour fera frémir l'avenir, tout entier à vos pensées, des estafettes parties de votre ministère allaient par vos ordres porter dans toute la France les noms de ceux que vous appeliez *conspirateurs*.

C'est en ce moment que vous eûtes une de ces inspirations qui, sans nul doute, assure à votre nom une durable, mais étrange célébrité.

C'est vous, monsieur, la pensée vous en appartient, nul ne la revendiquera, c'est vous qui avez conçu ce plan de *visites domiciliaires* dont l'exécution simultanée devait, comme dans un vaste réseau, envelopper la France entière. Vos agens, animés par vos paroles, ont couru en tous lieux exécuter vos ordres. Ils ont franchi les fleuves débordés; ils ont gravi les montagnes, et, du nord au midi, de Brest à Perpignan, le nom de Montalivet a retenti de toutes parts. Peut-être aviez-vous conçu la pensée que ces apparitions

soudaines, ces envahissemens armés épouvante-
raient les femmes. Vous les connaissez mal :
elles ont bravé d'autres fureurs que celles que
l'on voudrait exciter aujourd'hui ; leur courage
est écrit en lettres de sang dans nos annales, et
la France en conserve le souvenir. Je me hâte
de le dire, nos soldats ont obéi avec douleur à
de tels ordres : c'est sur les champs de bataille
qu'il faut les conduire ; c'est contre l'étranger
que leurs bras sont armés. Ces recherches inquisitoriales sont indignes de leurs nobles cœurs :
ils combattent pour la patrie ; ils ont soif de
gloire ; et, sur cette vieille terre d'honneur et
de liberté, la police et la gloire ne marchèrent
jamais ensemble.

De quelles recherches, de quelles investiga-
tions de toutes natures les papiers saisis chez
moi n'ont-ils pas été l'occasion ? Que de châ-
teaux ont été investis parce que l'on a trouvé
dans ma correspondance des lettres expression
d'un attachement que redoublent encore les mal-
heurs de la patrie ! Voudrait-on, par de telles
combinaisons, briser mes relations et m'ôter
l'affection de mes amis ? Impuissans efforts ! le
malheur resserre les liens qui sont fondés sur
une commune estime.

Il faut le dire, cette misérable inquisition qui pour découvrir des crimes politiques, va pénétrer jusque dans le sanctuaire des affections intimes, est repoussée par les mœurs françaises. J'aurais ici des choses curieuses à révéler! Que d'étranges questions m'ont été adressées! En vérité, si la réprobation de la France ne faisait pas justice de tels actes, toutes les correspondances deviendraient dangereuses. Il faudrait construire des Conciergeries de toutes parts, ou bien prohiber, au nom de la liberté, la circulation des lettres, détruire du même coup et la direction des postes et toutes les papeteries du royaume.

Vous avez appris à la France en termes trop vulgaires, pour que je les répète ici, quel sentiment la restauration vous inspirait. Eh bien! monsieur, apprenez de celui qui n'a jamais été le courtisan du pouvoir, que puisque la restauration vous inspirait de tels sentimens, il ne fallait point paraître la servir, il ne fallait point accepter ce titre de *pair* auquel vous n'aviez d'autre droit que les bontés du roi; et, certes, vous l'avez prouvé, ses bontés furent étrangement placées; il ne fallait point avec de tels sentimens paraître à la cour, et vous montrer dans les sa-

lons des Tuileries. On ne vient point volontairement à la Conciergerie, j'en suis un exemple ;
mais c'était volontairement qu'on allait dans les
salons des Tuileries, je vous y ai vu ; c'est libre-
ment, je le pense, que l'on va dans ceux du
Palais-Royal, vous ne m'y verrez pas.

En terminant cette lettre, monsieur, une pensée se présente à mon esprit. En ordonnant mon
arrestation, le pouvoir aurait-il conçu la pensée
de m'inspirer quelque effroi : il se trompe ; je n'ai
eu et je n'aurai jamais qu'un seul sentiment,
celui de la pitié pour les actes arbitraires dont
je puis être victime.

Je plains un pouvoir qui ne peut faire res-
pecter un des principes fondamentaux de notre
droit public, la liberté des cultes. A Constantino-
ple, on parle moins de la liberté qu'à Paris ; je
n'ai pas ouï dire cependant que lorsque les mu-
sulmans vont dans la mosquée honorer le pro-
phète, le lendemain des jannissaires vinssent les
arrêter.

Si le pouvoir avait eu l'étrange idée par ses
formes inquisitoriales de connaître mes sentimens intimes, il peut à l'avenir s'éviter cette
peine, il les connaît ; toutefois, je déclare que

j'ai le caractère trop français, pour reconnaître à quelqu'un sur la terre le droit de m'interroger ainsi ; j'aime qui je veux, je méprise qui je veux, je désire, je crains, ou je regrette, selon qu'il me convient, et nul ne doit m'en demander compte ; il est des hommes qui, dans les temps où nous sommes, louent sans cesse la liberté, mais la louent avec un cœur d'esclave ; il faut leur apprendre, surtout lorsqu'ils sont au pouvoir, que la pensée humaine est un sanctuaire où nul n'a le droit de pénétrer.

Si par de tels actes on avait cru m'inspirer un sentiment de peur que je connus rarement dans ma vie, vous auriez pu, monsieur, instruire vos collègues. Vous étiez dépositaire des cartons de la police générale : vous pouviez y trouver l'interrogatoire que, jeune alors, me fit subir Fouché ; et mes réponses vous auraient convaincu que celui qui, à vingt ans, répondait ainsi au ministre d'un gouvernement qui faisait trembler l'Europe entière, ne se laisserait point intimider par des élèves formés, sans nul doute, à l'école de Fouché, mais destinés à ne suivre que de loin les traditions de leur maître.

Quoi qu'il puisse arriver des circonstances graves où nous sommes placés, dévoué à mon pays, à ses intérêts et à sa liberté, je sens aux battemens de mon cœur que je donnerais et ma fortune et ma vie pour accroître sa prospérité et sa gloire. L'amour que je porte à la France est la seule passion de mon âme, et ce sentiment, je le conserverai jusqu'au dernier de mes jours. Le Ciel m'est témoin que je désire avec ardeur l'union de tous les Français, que fatiguèrent trop long-temps nos sanglantes discordes. Si donc je reste fidèle aux doctrines qui furent celles de ma vie entière; si, sous les voûtes de la Conciergerie, j'ai cru encore à ce que j'ai dit à la tribune le 7 août, c'est que, fixant d'un œil inquiet l'avenir qui s'avance, interrogeant autour de moi les hommes de situations et d'opinions diverses, je leur demande si la révolution de juillet assure à la France sa liberté, sa prospérité et sa gloire. Quelques voix semblent l'affirmer; mais leur trouble trahit leurs craintes secrètes, et le cri de la population entière s'élève pour me répondre : *Non! mille fois non!*

Paris, 2 avril 1831.

www.ingramcontent.com/pod-product-compliance
Lightning Source LLC
LaVergne TN
LVHW050302030726
842520LV00006B/2542